Eveline Hasler

Sätzlinge

Gedichte

Nagel & Kimche

Ein Wort zu bewohnen

Robert Walsers Hut

Wörter
in der Winterstarre auf
einem handgroßen Manuskript

fröstelnde Sätze
ziehn sich zusammen sehnen
sich nach lebendigem
Hauch

zwischen weißen
Hügeln am vereisten Stamm
der Wörter hat man den Schreiber
erfroren gefunden

Jahre später Sätze
auflesend behaucht ihn
ein Leser im Lichtschein der Lampe
erlösendes Wortschneien
setzt ein

Am Wegrand
rollt Walsers Hut

Winterwörter

Bei Frostgefahr verpuppen die
Wörter ihre Buchstaben

Im winterlichen
Wortwald eisiges Schweigen
Nur ein Pochen unter dem Boden
Saft steigt die Wortstämme
hinauf

Sätzlinge
tickende Uhrwerke
warten
auf dem Schreibtisch
auf das Weck
Zeichen
des Frühlings

WIR BEHÜTEN
SIE VOR WINDIGER
LEKTÜRE

NAGEL & KIMCHE

RENÉ APPEL

Tod am Leuchturm

Peter van Galen versucht herauszufinden, was damals vor mehr als vierzig Jahren am Leuchtturm wirklich geschah. Nach und nach erfährt er die ganze Wahrheit: Dass er an dem Drama, dem damals zwei junge Menschen aus seiner Clique zum Opfer fielen, keineswegs unschuldig war. Ein Roman voller kriminalistischer Spannung.

Roman. 368 Seiten. Gebunden.

CHRISTINE FALKENLAND

Mein Schatten

Die schonungslose Lebensbeichte einer gezeichneten Frau – geschrieben in einer außergewöhnlich ausdrucksstarken, raffiniert einfachen Sprache.

Roman. 160 Seiten. Gebunden.

ANNE GABRISCH

In den Abgrund werf ich meine Seele

Die Liebesgeschichte von Ricarda und Richard Huch

Ricarda Huchs (1864-1974) große Liebe war seit ihrer Schulzeit der Ehemann ihrer Schwester, ihr vierzehn Jahre älterer Cousin Richard Huch. Die beeindruckende Liebesgeschichte eines Paares, das sich über die gesellschaftlichen Konventionen seiner Zeit hinwegsetzte.

320 Seiten. Gebunden.

EVELINE HASLER

Sätzlinge. Gedichte.

»Die Welt«, heißt es in einem Gedicht von Eveline Hasler, »hängt an der Angel eines einzigen Wortes.« Wie lautet dieses Zauberwort, von dem alles abhängt? Eine poetische Suche nach der Kraft des Wortes.

88 Seiten. Gebunden.

RAINER MALKOWSKI

Im Dunkeln wird man schneller betrunken

Hinterkopfgeschichten

Kurze literarische Momentaufnahmen mit Witz, Geist und langem Widerhall.

80 Seiten. Gebunden.

Motiv: Fritz Schwegler, Abulvenz Aushang 20, EN 6135

Bibliothek

Im Schein der Lampen beugen sich
Köpfe lesen die
Zeichen auf

Wörter in
stockfleckigen Büchern
werden vom Hauch der Lesenden
erlöst

Öffnen
ihre Flügel schwirren
von Lippe zu Lippe

Aus Sätzen webt sich der Teppich
trägt durch die Zeit

Wind

Das Leben
aus den Angeln
seiner Wenn und Aber heben und
den Wind erwarten

Die Welt
hängt an der Angel
eines einzigen
Wortes

Zeit

Das Wort
als Segel für
das Schiff der
Zukunft

Klag nicht
über die
flüchtige Zeit
Wende das Blatt
und sieh: Der
Text geht
weiter

Standwort

Wort
aus Namenlosem
tauchend
Insel
zu betreten
zu bewohnen

ein Wort
als Standort
Standwort
als Ort

der Wörter beraubt
versänken wir
namenlos

Grundwörter

Wörter machtvoll wie
unerinnerte Träume

wie sie gründeln
dann und wann hochschwimmen
gegen die Scheibe der Erinnerung
stupsen

Alltägliche Sätze richten sich
plötzlich gegen dich
die Zunge stockt

Grundwörter
im Fluss unerinnerter Träume
holprige Schwellen

Keine Sprache ist glatt

Botschafter

Woher kommen die Wörter?
Ihr Stimmengeschwirr ihr Flüstern Turteln
die grellen Rufe heiseren
Schreie?
Zugvögel sind es
uns zugeflogen aus
anderen Zeitzonen

Die vor uns lebten haben
sie angelockt
die Futterbretter der Träume
auch in Mangelzeiten
gut bestreut
auf den Flügeln der Wörter die Reise
gewagt in die Gedanken
der Zukunft

Was wären wir ohne Wörter
ohne die schwirrenden
Botschafter?

Säßen im Käfig und fänden
die Tür nicht vom
Ich zum Du

Wohnen

In einem leeren
Zimmer steht ein Wort
ist Stuhl ist
Tisch
ist Bett
ist Weite, Tiefe, Höhe

zu bewohnen

Kristall

An der Baumgrenze
der Sprache
wo den Sätzen
die Luft ausgeht

wird das letzte Wort
in der Kehle
zum Salzkristall
und nährt
und ritzt

Von den Farben

Weiß

Durch Weiß drückt
Zukunft. Wassily Kandinsky

Weiß
ist die Leere
kurz vor der Geburt

Weiß ist
der Blitz im Auge
des Tigers angespannt
zum Sprung

Weiß die Glas
Glocke über dem
ersten Schöpfungstag

das Weiß
                zwischen den
Wörtern

weiß
            mehr als

die Wörter

das Gedruckte
überlässt
sich
            der Weisheit
des
ausgesparten

            Raums

Grün

der Keim
aus dem Pflanzen, Tiere, Menschen werden
auch Wolken und Sterne
Meergrün, Algengrün
alles beginnt grün
Reigen des Sichtbaren
der nie abbricht mit seinen
kreißenden Kreisen von
gebärendem Grün

Auch ein Wort beginnt grün
mit einer kleinen Verdickung am Ohr
als Anreiz dass ein Neues nachwächst
Hänge voll Ohrkakteen in
Wortgrün
umflossen vom verwandten
verwandelnden
Blau

Blau

wo eben noch Mauer
geht blauäugig ein Fenster auf
Auslauf meiner Gedanken und Ausblick
in sich weitende Räume bis zum
kühlen Fjord des Himmels
Blau führt vom festen Aggregatzustand
des Betons weg
entblockt und lockert
fließt und zieht zu gleiten und zu
verwandeln blau eingefärbt wandle
ich durch Dinge und Lebewesen
erklimme alle Blaustufen
meiner Möglichkeiten

dem Traumstoff trauend wo alles
Luft wird und blaut

Zweiklang

Grün und blau
blau und grün
Zweiklang
aus dem die
Welt gemacht ist

Tag so grünblau
Nacht so blaugrün
Zweiklang
aus dem gewoben ist
das Tuch des
Lebens für
Mann und Frau

Gelb

ist ein Ball
in dessen Zentrum ein Feuer
    brennt
kleine Bälle von Gelb
als Taglicht hüpfend und wir fangen
sie auf und leben
vom Gelb des Weizens unserem
    lichthungrigen
Körper ein Brot
Gelb als stumme Kreisform
alles Lebendige
    bewegend

Gelb
strahlender Urquell

Orange

Alle Buchstaben tanzen
um das orange
O
Das große O kollert
Das große O wird von einem
orangefarbenen Mönch
verschluckt

Oranges Oval
als Metamorphose
und Nabeltor
der Welt

Rot

Sienafarben warten
morgens die römischen Mauern
bereit zwischen den Ästen der Zedern
zu entbrennen
glühende Backsteine unter der
Kuppel des hohen Mittags
Flächen öffnen und
überlagern in der Hitze
von Fieberträumen geschüttelt
die röhrenden Straßen

Bewahre uns vor dem
Dämon des Mittags beten die römischen
Mönche
in der Kühle der Frühe
Rot ist er
wie Blut, Leidenschaft, wundes Fleisch

Lob des Abwesenden

Lückenlos

Fortschritt
sagen die Überbauer und bauen zu
und wir lückenlos Verbaute
halten aussichtslos
Ausschau

Ersuchen die Verplaner
um ein bisschen Luft zwischen
den Hauszeilen denn weniger
wäre mehr und wo
nichts steht
ist es
am schönsten

Ein freies Feld muss her
das die Kuben mit den Asphaltbändern
an die Ränder drängt
Eine leere Fläche ein
Nasenloch wo
die Erde wieder
Atem holen kann

Ein See
als Schale
leer und empfangend
den Himmel spiegelnd
ein Transparent für
die unverbauten
Träume der
Anwohner

Lob des Abwesenden

Nur Abwesendes
lässt sich beschwören

Nur das ferne Meer
rauscht in der Muschel

Das ausgesprochene Wort
ist Schnee von gestern
doch das
Abwesende
wohnt im
innersten Patio der Zukunft
unter verschwiegenen
Blattzungen

Vatersprache

Als ich neun war
hatte ich nur Väter
Das Land wurde nach und nach zugedeckt
mit Häusern als ich heranwuchs und
das Obst wurde hergeflogen
aus Ländern wo die
Erde noch freilag
und atmete

Väter saßen auf den
Lehrstühlen und auf den Sesseln
der Verwaltungen als ich neunzehn
war Vatersprache allüberall
Ich saß unter dem letzten Baum
schärfte das Ohr für das
Mutterschweigen

Mondschatten

Zunehmender Mond im Geäst
entzündet die Ampel
deines Gesichts

legt einen Hof
aus Schweigen
der rundum schützt
dich unantastbar macht
in der Grelle
des Tags

Im Schatten
liegt was uns
ergänzt

Wo ist er

Was so
dahintreibt
in der Strömung
der Tage

als
Spitze
vom Eisberg
deiner Möglichkeiten

Wo ist er
der nie ans
Licht gelangte
Zwillingsbruder
der abgetriebene
Teil deiner
Selbst?

Erjagst du

Liebst und weißt
dass du nichts von ihr
weißt

Nichts von den Tageszeiten
der Augen den wechselnden Jahreszeiten
des Herzens nichts außer mal
ein Frühlingsgruß
ein Herbstblatt

Und im Winter dieser
Hauch der Frostblumen schmelzen lässt
die Lippen gerundet zu einem Ausruf
des Staunens
taut Erinnerung aus der
Erstarrung scheu wie die Eidechse
die sich aus dem Mauerloch wagt und
der Graufilter geträumter Wiesen
weicht von der Landschaft
der Morgen strahlt im Gelb
der Dotterblumen

Das junge Mädchen versteckt
in der reifen Frau hört am See im Stamm
der Platane auf das Pulsen
neuer Kraft

Erjagst du Liebe
tötest du sie

Heirat

Ich bin mit der Realität
verheiratet
sagt er

Ich liege mit der Realität
unter einer Decke
sagt er

Da liegt eine andere
sagt sie
Ich habe mich frei
geträumt

Katzenfell

Heute bin ich
der Unsterblichkeit begegnet
im Fell meiner Katze

Habe elektrische Botschaften empfangen
von sieben satten und sieben
mageren Leben

Meine Jahre klagen
ich hätte sie gegen den Strich gelebt
vom Leben zerkratzt ging ich zu meiner
kleinen Roten

Ihre Augen haben
mich gelehrt in Bernstein
einzuschließen was an Endlichkeit
nicht verloren
gehen darf

Ich übe
ihren Glasblick an
dem nichts hängen bleibt

Nachtseite

Ich habe
keine Nachtseite sagt er und
bleicht täglich mehr aus
das Tuch seiner Jahre dauernd
dem Licht ausgesetzt
ist verschlissen

Was er hortet liegt im Safe
doch sein Leben ohne Traumversteck
ist ein Zeitungsblatt das der Wind
an den Randstein drückt

Ein Mensch
ohne Geheimnisse

Das Nachttuch

Als ich ein Kind war
deckten mich die Nächte zu
Zeltgeborgenheit
Schoßdunkles
Auf dem Rücken ruhend
hielt ich Zwiesprache mit
meinem Stern

Was ist passiert
mit den Nächten
Sie schrumpfen an den Rändern

Verblichen ihre Schwärze
löchrig
voll nagender Angstmotten
das Nachttuch

Lebensversicherung

mein Land
weltweit berühmt
für seine Versicherungen
gegen Arten und Abarten
des
Un
  er
   war
      teten
eingeschlossen
die tödlichen Spielformen
des Lebens

an den Grenzen passiert
nur Erwartetes gegen Vorweisen
der Papiere und Hinterlassung
einer angemessenen
Prämie
pünktlich bezahlt gegen
die Kraft der Träume die
Willkür der Imagination

den Wellenschlag des Lebens voll
versichert garantiert
zu Lebzeiten
tot

Im Käfig
Leben

Computer

mit den Daten des
Berechenbaren werden
die Computer gefüttert doch
sie hungern nach dem Unerwarteten
das die Programme landesweit
abstürzen lässt

Sturz
durch den
mit
Nachtschwarz
gefüllten Trichter
der
Wirk

lich
keit

Fahrt
        saus

Ende

Bahnhof

Zufallsorte und
Linien wie auf einer Stirn
hinter der die Gedanken täglich
in viele Richtungen ausfahren
über gespleißte Zeit
die Schwellen gefällter
Hoffnung
holprig im Stundentakt

abends zurück
mit leeren Waggons

Anschluss gesucht
an ein bisschen Leben

Wege

Gedanken
der andern
beschreiten wie Wege

dem Tastsinn der Füße
vertraut sich das
Unvertraute an

Brücke

Wie viel Bläue
kann ein Leben beatmen
wie viele Stunden trennen Himmel
vom Wasser ein dünner Streifen Häuser
am Ufer eine Brücke wie eine Lippe
gespannt das Lächeln des
neuen Tags

Mauern des Paradieses

Auswandern

Das Menschenleben ist unhandlich
keine Speditionsfirma bringt es unbeschädigt
ans andere Ufer

Auswandern wollte der Lehrer das Paradies
im Kopf und zerrte seine Frau das fünfte Mal
schwanger
wie ein sperriges Möbelstück
über den Ozean

Bei den Hau-Ruckmethoden des Lebens
sind Füße Knie Nasen rasch beschädigt
manche
verlieren ganz ihr Gesicht doch
schlimmer: aus der Tiefe herauf das
Geräusch von springendem Glas

Mit den Glassplittern der Seele
bespickt werden die
Mauern des Paradieses
unübersteigbar

Alchemie

Wortschlangen von
Linienbündeln
umtanzt
formen den
magischen
Kreis

Der Oroborus
beißt sich
in den Schwanz

In der Hitze des Mittags
verbinden sich
fliegende
Wortteilchen
zu Neuem

In Rajasthan
findet morgen ein Mädchen
zwischen Ibiskusblüten
das noch
nie
ausgesprochene
Wort

Udajpur

Das Unerwartete
ruht im Schatten des Tempelbaums
vor dem Tor von Udajpur
und die Welt hält den Atem
an in Erwartung des
Unerwarteten

Doch das Unerwartete
das erwartet wird
ist nicht das
Unerwartete

Satzschlange

Eine korallene Satzschlange
            liegt verschlungen und
der Silbenstrand
            erwartet ihre

rote Spur

Fremdgänger

Meine Worte
sind im Wind von
Jaisalmer verweht:
auf die Lippen einer
Straßenkehrerin im gold
durchwirkten Sari in das Gebetbuch
eines meditierenden Mönchs
in den Bart eines turbantragenden
dürren Rajputs

Meine Worte sind mir
entfremdet
wortlos geworden
schaue ich den Fremden
gut auf den Mund

Der Brahmane
sagt zu jedem fremden
Wesen: tat twam asi,
das bist du.

Fahrende

Fahrende sind wir
treiben über
die Strom
schnellen
der Zeit

Durchziehende
ständig verschnupft

im Gegenwind
fliehender
Stunden

unsere Liebesgeschichten
Hassgeschichten
flattern dahin im
Durchzug
allzu kurzer
Leben

42. Straße

Häuser
dicht an dicht
aufgestockte graue Zellen
In der Schneise
zittert Meerluft

Kleine Aussparung
voll Licht wo eben
noch Mauer
ein sprödes kleines
Winken vom Wasser her und alles
wendet und dreht sich
im engen Rohr
Spiegelungen der Fenster
Glas und farbige Kuben
im Kaleidoskop
formen eine
neue Stadt

Ein Neues

Eins und
eins sind
        drei
und ein Neues schlägt
der Voraussicht ein
Schnippchen

eins und eins
und das Ungerade
kommt gerade
recht
        zeitig

zur Unzeit

das Boot ist voll
haben wir gesagt doch
das Neue

nimmt den schon lange
ausgesparten Raum
ein
Wind schwellt die Segel

Der Fluss des Lebens
trägt uns

Flüge

Die Kinder mit ihren
leichten Vogelknöchelchen
dem Drahtgestell
für Flüge

Die Verknöcherten
neiden ihnen ihre Leichtigkeit
mögen ihre Verwandlungsspiele
nicht die im Nu
Nasen wegzaubern und verschwinden
lassen was den Alten
teuer ist

Der Menschheitsmorgen
mit den blanken Augen und
dem losen Mundwerk
Durch das Fenster fliegt der
magische Sperling
pickt nach den Krumen
der
Zukunft

Rückspiegel

Hineingehen
in die Kindheit
wie in ein Land

Die Farnwälder wiedersehen
betaut von Träumen
Die Hügel aus Regenbogen
Wüstenstrecken und Oasen
Höhen und Tiefen
eine herzbewegende
Topographie

Keine Sandburg verloren
kein Lächeln verdrückt hinter
der Schulbank
auch nicht das Gelächter
der irren Ente Donald Duck

alles wieder da
im Spiegel
am Ende der Zukunft

Lektionen

Schau während der Schulstunden
fleißig aus dem Fenster, Kind
lerne die Lektion des Kastanienbaums im
Schulhof
durch seine Äste hindurch
erfährst du vom
Wesen der Wolken

Merk dir die Lektion
der unscheinbaren
nach Brosamen pickenden Vögel
die mit einem Flügelschlag
über Mauern und Gitter sind

Lerne
von den Dornen
versteckt unter den Blättern
der Hecke

Merke: Die Fenster
sind das Wichtigste
in einem Schulzimmer!
Widerstehe der Versuchung
die Wirklichkeit deinem
Kopf anzupassen

Oase

Die Wüste ist
        groß

Wohl dem
der Oasen
        birgt

Nachtgeschichte

hinter
Uferbäumen tigerten
Wörter
durch die
Stunden

Palmblätter
schrieben
vom Winde diktiert mit
trommelnden
grünen Fingern

wie Regen tönten
die Sätze
rieselten
klöppelten

zwischen
Stämmen
blühten Geschichten
auf mit einem
Veilchenschlund

Ascona

Auf den hellen Vokalen
dem sonnenbeschienenen Wasser
eines Ortsnamens schaukeln

Als ich ein Kind war
waren die Straßen noch ungeteert
die Vögel hinterließen beim Trippeln
Abdrücke
vor den farbigen Uferhäusern zogen
die Fischer ihre Kähne an Land

Anders heute der Borgo doch
der See im Herbst noch immer voll Licht
die Hügel mit der Schraffur der
Kastanienwälder
der Tanz der Uferplatanen auf den Wellen
sienarot im Sonnenuntergang

Gelassen erträgt die Natur den Kreisel
der Jahreszeit so überdauert die
Landschaft während der
Mensch austauschbar erscheint

sein Sommer seine Schönheit im wehen
Glanz des Abschieds
und mit dem sinkenden Laub
wärmt keiner mehr die Bänke

Doch im Frühling von neuem
die Schnörkelwellen des Nordföhns
der Glast des Mittags
der die Inseln zu einer verschmilzt
und sie treiben lässt ein schwarzes Schiff
in flüssigem Gold

è subito sera
die Konturen der Hügel in den Lichtbahnen
die Wälder wie Katzenfell
am Ufer nachts das Staunen, Flüstern, Turteln
das Glühwürmchenballet der Augen
zwischen den Zweigen

Alles ist an diesem Ufer schon geträumt
worden
den See sehen wie die Werefkin
den See sehen wie Jawlensky
die tanzenden Wellen wie die Duncan
die Farben wie Hermann Hesse

Januar im Tessin

Hände schützen
das geblendete
Auge

Häuser
verborgen
hinter Palmwedeln aus
schwarzer Luft

Die Schattenrinne trennt
Dorf von Dorf

Webstuhl

Auf dem Webstuhl der Nacht
aus Kette und Schuss webt der Traum
neue
Muster

Tücher
für die Blöße
der Tage

Steintage, Grasnächte

Steinsprache

Steine wüssten eine Menge über das
Leben aber ihre Sprache ist noch wenig
erforscht

runde, eckige und spitzige Steine knirschen
unter meinen Wanderschuhen manchmal
auch herzförmige die ich an die Mauer
meines Höfchens leime

Wetterfeste Herzen
denn über Stein geht nichts

mein eigenes Herz wird aufgeweicht
Hälmchen sprießen wenn sich
der Sturm verzogen hat
wieder und wieder nachwachsende
lächerlich wintergrüne
Hoffnung

Stein sag etwas sage ich
ein Menschenherz möchte ich sein
sagt der Stein
doch wie gesagt
Steinsprache ist wenig erforscht

2

Steine sind besser als ihr Ruf
geädert oder gefleckt auch fleckenlos grau
nehmen sie
die Wärme der Sonne auf
teilen sie mit der Eidechse die aus
Dankbarkeit dasitzt
wie selbst versteint doch
der pochende Fleck
am smaragdgrünen Hals verrät sie

Steine sind besser als ihr Ruf
Schilder sind sie im Flussbett für die Pfeile
des Lichts geben sich dem Wechsel der
Witterung hin
wie eine Frau den Einfällen
ihres Geliebten

3

Im Mondlicht ihr knöchernes Schimmern
sie bewegen sich mit trockenem Geräusch
nachts gegen den See hin

Jeder Stein ist anders und hat einen Namen
doch nur das Wasser kennt sie das
jeden auf seine Weise schleift
und liebevoll rundet

Der Mensch ein Sandkorn
im Geschiebe der Zeit hat keine
Übersicht nur der Stein verstopft den Fluss
der Geschichte. Steinherzig?

4

Berge, diese Riesensteine
ihre Zeit vergeht langsam unwahrscheinlich
langsam
zu ihren Füßen die kurzlebigen zuckenden
Menschen
Generation folgt auf Generation ein Fieber
und flatsch sind sie dahin ein Tumor klein wie
ein Sandkorn und schon weg
der Boden im engen Tal voll von
Toten ihre Ablagerungen werden zu Kalk
und wieder zu Bergen

Menschenzeit gegen Steinzeit

Rettet die Minderheit der Lebendigen
die Toten nehmen täglich zu

Öde an den Staub

Staub
staubiger
Kuhdung-Staub
Gewürzmehl-Staub über Jaipur
und hundskommuner öder Straßenstaub
aus Zürich-Höngg oder Brooklyn
Staub, allgegenwärtiger
aus dem alles kommt und zu
dem alles zurückkehrt
Staub aus dem Mann und Frau gemacht sind
für dich wirble ich
diesen Wortstaub auf

Staub
der ständig
rieselt und nieselt
als würde im Himmel sauber gemacht und das
Staubtuch ausgeklopft alles zudeckender
Staub
aus Sekunden, Minuten, Stunden
Staub aus Zeitpartikeln
der alles Irdische in Schleier hüllt

wer wird ihn lüften
um die Häupter der ewigen
Berge zu sehen
die Klarheit des Morgens
jenseits der Zeit

Staub
dem kein Irdischer entgeht
Staub zerfallener Paläste zerbröselnder
Prachtmauern Staub zerfallener Reiche
Staub aus Ninive und Gomorrha
Staub unter den Tritten der Turnschuhe
Staub den wir nur mit Mühe
aus den geröteten Augen wischen
Staubkorn der unsere Sicht trübt
auf den Mitmenschen der wiederum aus
Staub
ist
Staub
Adamstaub
Evastaub

Allgegenwärtiger staubiger Staub
aller Menschen die vor uns waren
Staub aus den neun verbrannten
Hauptknochen des Vaters
vom ältesten Sohn in einem verschnürten
Paket auf mühsamer Reise
nach Varanasi getragen
und in den Ganges gestreut
Staub auf dem ziehenden Fluss zum Meer
das an die Ufer der Ewigkeit leckt

Staub der trotz Bodenwichsen
und genmanipulierter Putzmittel
sich immer von neuem
überall hinsetzt
rieselnder, nieselnder, allgegenwärtiger Staub
der Condition humaine

Staub zwischen den Geleisen der
Lebensfahrten
Staub auf Bahnhöfen
Kursbüchern Koffern und Reiseschuhen
Staub der überall mit uns reist
Staub unser einziger Lebensbegleiter
der sich nie aus dem Staub macht
Staub
sei gelobt

Staub
rund um den Erdball
von Millionen von Hausfrauen verfolgt

geschüttelt, gekehrt, durch Röhren gesaugt
gemobbt, geklopft
aus Tüchern von oben nach unten
geschüttelt vom
vierten zum dritten, vom dritten zum zweiten
vom zweiten zum ersten Stock und von dort
auf der Straße vom
Heer der Straßenkehrer als tägliches Brot
begrüßt und mit
Reisigbesen kraftvoll bewegt

Staub
Kuhdung-Staub, Gewürzstaub von Jaisalmer
von Straßenwischerinnen im
goldgewirkten Sari zart gestrichen
Häufchen hier Häufchen dort
denn die Schönheit ist Staub und das einzige
was von der Maharani vom Maharadscha
übrig geblieben ist

Staub
wunderbarer Stoff
aus dem der Mensch gewirkt
und allgegenwärtig
überdauert

Staub an den Fingern der Gläubigen
auf den Marmorstufen des Sikhtempels
Staub der in den Lichtbahnen der
Abendsonne zitternd
zu Gold wird

kosmischer Staub aus zerborstenen Welten
der durch die Leere tanzt und
von Energien gepackt geklumpt wird
zur Geburt eines neuen Sterns

treuer Staub
auf der Wanderung durch die Öde des Lebens
Staub zwischen den Zehen der uns
begleitet und jeden Schritt erst möglich
macht denn sonst
versänken wir bodenlos
Aussaat Staub
für den Keim des neuen Lebens
ich akzeptiere dich
als den mir eigenen Urstoff

vertraue dir alles an was mir anvertraut wurde
begehre dich als Zudecke für den
letzten Schlaf
Decke aus Zeitteilchen nach dem Rieseln
des Lebens
Staubhäufchen das auf dem
großen Fluss zieht

Litanei vom Gras

Ein Grashalm ist nicht
geringer als das Tagwerk der
Sterne sagt Walt Whitman und lobt
das Gras das gemeine
grasgrüne

Gras du wichtigste
Pflanze deren Samen uns erhält
Reis, Mais, Weizen, Hirse
halten den Planeten
im Gleichgewicht

Gras
du Schaftraum
du Ziegenseligkeit
du Kuhleckerbissen
Gems und Reh feiern dich mit
Grastagen
Grasnächten
das Leben von Mensch und Tier
bleibt an Gras
gebunden

Grasgeister der Wiesen
wo sich mittags die Halme
nach dem Licht recken durchscheinende
Lanzen als Brot speichert ihr
Sonne in unseren
lichthungrigen
Körpern

Graswurzeln
vernetzen unter
unseren Fußsohlen
die Welt

Graslanzen
durch Asphalt und Beton
brechend im Hinterhof zwischen
Bahngleisen gebückt im Fahrtwind
mildert Gras die Hässlichkeit
dieses schleichende Gift
der Welt

Gras
du kühlst in der Not
zwischen rauchenden Ruinen die Wunden
duldest alle die
ins Gras beißen

Über Gräbern treibst du im
Frühling deine grünen Signale Wohltat
für die brennenden Augen
der Trauernden

Gras da
um über Schuld zu wachsen
die überall da ist

Grashalm vertraut mit der
Sonne und dem Tagwerk
der Sterne
ich lobe dich mit den Polenta- und
Brotessern mit den Ziegen
und Rehen und den pissenden
Hunden du gemeines
du grasgrünes
Gras

Inhalt

Ein Wort zu bewohnen 5

Robert Walsers Hut 7
Winterwörter 8
Bibliothek 9
Wind 10
Zeit 11
Standwort 12
Grundwörter 13
Botschafter 14
Wohnen 15
Kristall 16

Von den Farben 17

Weiß 19
Grün 21
Blau 22
Zweiklang 23
Gelb 24
Orange 25
Rot 26

Lob des Abwesenden *27*

Lückenlos *29*
Lob des Abwesenden *31*
Vatersprache *32*
Mondschatten *33*
Wo ist er *34*
Erjagst du *35*
Heirat *37*
Katzenfell *38*
Nachtseite *39*
Das Nachttuch *40*
Lebensversicherung *41*
Computer *43*
Bahnhof *44*
Wege *45*
Brücke *46*

Mauern des Paradieses *47*

Auswandern *49*
Alchemie *50*
Udajpur *51*
Satzschlange *52*
Fremdgänger *53*

Fahrende *54*
42. Straße *55*
Ein Neues *56*
Flüge *58*
Rückspiegel *59*
Lektionen *60*
Oase *62*
Nachtgeschichte *63*
Ascona *64*
Januar im Tessin *66*
Webstuhl *67*

Steintage, Grasnächte *69*

Steinsprache *71*
Öde an den Staub *75*
Litanei vom Gras *82*

«Kristall», «Standwort», «Zweiklang» und «Wege» aus:
Eveline Hasler, «Auf Wörtern reisen»
Abdruck mit freundlicher Genehmigung des
Pendo Verlags, © Pendo Verlag AG, Zürich 1993

Umschlaggestaltung: Hauptmann und Kampa, Zug,
unter Verwendung eines Gemäldes von
Juan Sánchez Cotán (1602)
Foto: Ayse Yavas/Keystone
Herstellung: Die Buchherstellung, Tatiana Wagenbach-Stephan, Zürich
Druck und Bindung: Pustet, Regensburg
ISBN 3-312-00265-6